파도가 길을 찾다

도서출판
작가마을

※ 제1부 '명화 속에 거닐다'에서 그림이 없는 시는
　저작권에 문제가 있어 빠졌음을 밝힙니다.

파도가 길을 찾다

초판인쇄 | 2020년 12월 1일
초판발행 | 2020년 12월 10일

지 은 이 | 우지아
주　　간 | 배재경
펴 낸 이 | 배재도
펴 낸 곳 | 도서출판 작가마을
등　　록 | 2002년 8월 29일제 2002-000012호
주　　소 | 부산광역시 중구 대청로 141번길 15-1 대륙빌딩 301호
　　　　　 T. 051)248-4145, 2598　 F. 051)248-0723　 E. seepoet@hanmail.net

ISBN 979-11-5606-162-5　03810　정가 10,000원

※ 이 도서의 국립중앙도서관 출판예정도서목록CIP은 서지정보유통지원시스템 홈페이지
　(http://seoji.nl.go.kr)와 국가자료공동목록시스템(http://www.nl.go.kr/kolisnet)에서
　이용하실 수 있습니다. (CIP제어번호 : CIP2020052262)

※ 본 도서는 2020년 부산광역시, 부산문화재단 지역문화예술특성화지원 '부산문화예술지원사업'으로
　지원을 받았습니다

파도가 길을 찾다

우지아 시조집

서시

누구신가요
끝없는 시간
어둠 뒤에 잠재우고 묵묵히 앉아
흐르는 독경
질퍽한 진흙 안아 전율로 승화하는
당신은

누구신가요
칼날 스치는 쓰린 아픔
가만가만히 다독거리며
꽃 피울 날 소리하지 않고
물을 알고 길을 알고 피고 짐을 알아가는
당신은

누구신가요

안으로 안으로 다스려지는

한 치 가벼움도 허용하지 않고

오로지 맑은 영혼으로 채우고 가꾸어가며

하루 소중함을 잔잔히 고백하는

당신은

°

　°

　　°

　　　°

설렘,

설렘으로 가만가만히

다가가겠습니다.

　　　　이천 이십년 십일월, 수영강 내려다 보면서

• 차례

2부 • 나를 비운다

• 차례

3부 • 모두 안녕하십니까

파도가 길을 찾다

우지아 · 시조집

제1부

명화 속에 거닐다

순수 결정체

– 클림트, 〈키스〉

더 이상의 존귀함은 멀찍이 떠나보낸

백자에

막 퍼 올린 우물물을 담는다

첫 햇살

마테호른*에

입 맞추는 순간이다

* 마테호른 : 스위스와 이탈리아의 국경 알프스산맥의 준봉(峻峰). 높이 4,478m.

유혹의 미소

– 레오나르도 다빈치, 〈모나리자〉

치솟는 예술 중심 천의 얼굴 리자여인
다빈치 열정으로 불을 붙인 인간사랑
미여신
울려 퍼지는
열창하는
지구촌

보일듯 알듯알듯 눈물 속 신비 여신
볼웃음 뒤로 감춘 끝없는 묘한 마술
다잡아
시선과 시선

유혹으로
머금어

은밀한 젖가슴은 눈길을 잡아끌고
움직이는 속살 밑에 길을 잃는 흐느낌
그윽한
다정과 요염사이
관능신화
비너스

하늘 민낯 품은 미소 넋 잃고 달려가다
끝없는 아름다움 정상꽃 피워내어
장미 속
들여다보고픈
뿌리칠 수 없는
눈빛 힘

어둠 속 가리어진 신비한 스푸마토*
모든 일은 흐른다는 진리 진통 큰 발자국
자화상,

하늘 끝 품어갈

성모마리아

행복 추

울림

  – 고흐, 〈해바라기〉

금빛을 띠어내며
춤 교태는 막 내리고
뜨거움 정열 태워
씨를 품어 마주하다
시선도 마다하지 않아 풍성한 자태에 보태다

굴곡진 뼈아픔도
황금으로 포옹하고
불안한 항아리는
메아리 풍경화로
민낯의 고흐 감성은 는개 되어 울린다

진리

– 고흐, 〈별이 빛나는 밤에〉

무엇을 왜를 향한
끝없는 질문 위에
앙버티는 외줄타기 연보라로 저항하고
한세상
카오스 화살
빛을 여는 반 고흐

불꽃같은 그의 삶에
고개 숙인 인류는
흰 별의 자태 앞에 마음은 끓어지고
모호한

동그라미 속
빠져드는 진실은

발밑에 번잡한 일
층층이 쌓여있고
절규하듯 하늘 끝을 불러보나, 몸부림은
저 멀리
벗어날 수 없는
산다는 것 무얼까

추억

　－ 카미유 코로, 〈전원 음악회〉

카미유는 은회색빛 낙원을 다듬는다
하늘 창은 아스라한 미소로 열어두고
어설픈
열매 안으로
하모니로
채운다

부드러운 바람 속에 들어가 걸어보니
마음이 마을 이뤄 햇살을 쌓고 있다
그때는

더 바랄 것이

없다는 걸

생각도

자유1
 – 쇠라, 〈그랑드 자트 섬의 일요일 오후〉

점들이 미주아리
하루하루 엮어가고
뚜렷한 세상으로
여물어지는 한 올 한 올
침묵이 깨우는 물소리
눈을 뜬다
한 낮에

떠도는 허공은
우리를 매만지고
일상의 맺힌 한이

승화된다 한 점으로
무엇도 풀지 못하는
짐 지워진
이 해탈

행복 1
– 귀스타브 쿠르베, 〈안녕하세요 쿠르베씨〉

오늘도 변함없이 아침 해는 일어났소

마주보는 일상 일이 큰 벽에 부딪쳤소 어느 날 불청객이 입을 묶어버렸소 웃을 수도 말할 수도 없게 되었소 하늘은 행복한지 그지없이 맑아졌소 어찌해야 카오스를 벗어날 수 있는지 알 길이 없소 빌어본다면 자중한다면 돌아갈 수 있겠소 지구 민초는 그저 아웅거리고 있을 뿐이오 불청객 그대여 어찌하면 좋겠소

내일도 안녕하세요 쿠르베씨 빨리옵쇼

행복 2
– 밀레, 〈만종〉

저 멀리 걸어오는 조근조근 숨의 소리
이삭도 배불려져 안식을 준비하고
푸근한, 이런 이끌림 두 손안에 가득히

들판을 살피느라 해설피 지친 표정
땀 베인 갈퀴 수레 마음을 내려놓고
감사함, 실어 나른다 석양등에 얹혀서

나의 왕관

　－ 자크 루이 다비드, 〈나폴레옹 대관식〉

고통으로 만들어진
저 왕관의 눈동자는
끓어오른 의욕으로 불신도 잠재운 힘
찬란한 정지화면 속
길을 잃은
생각들

크고 작은 왕관은
셀 수 없이 널려있다
시간 속에 지나기도 발자취로 획 긋기도
내면에 울려 퍼지는
심금이면
그만이지

호기심 파동

 − 라파엘로, 〈아테네학당〉

품어가는 의문점은
인류를 끌어가고
외치는 진리 주위
깊은 강물 흐른다
미세한 생각 안으로 이어지는
물음표

설파하는 논리는
논리로 이어지고
모아지는 원의 진리
원하는 세상 꾸려
하나의 영혼울림은 함께하는
삶으로

우리는 비너스

　　－ 보티첼리, 〈비너스의 탄생〉

숨을 멈춘 제피로스 발길 잡힌 올리브
무한 우주 몇 바퀴를 돌아돌아 비로소,
조가비
자궁이 열리는 순간
은빛가루
섬광 탄다

가는 길 멈춘 바람 잉태로 옷을 입고
은파금파 한빛 승화 꼭지로 개화되어
생명을

무릎 꿇리는

비너스는

바로 너

채움

— 밀레, 〈이삭줍기〉

흩어진 금가루들
한 올 한 올 쓸어담아

소망으로 승화되어
청량수로 순환된다

늘깨어
꾸려나가는
근원되는
꼭지점

간통

  － 클로드 모네, 〈수련〉

자연과 놀아난다 소문이 자자하오
그렇소, 그렇지 않으면 사람이오
묵묵히 바라본다고 아니라고 할 수 있소

흐드러진 버드나무 물속으로 숨어들어
요염 떠는 수련 교태 잡고 잡는 어지러움
이 마음 내버려 두오 파문이라도 되고 싶소

일출

　– 클로드 모네, 〈해돋이〉

빛의 소리 파동 되어
시간으로 달린다

스펙트럼 릴레이는
공명을 낳고 낳아

세상을
깨우는 떨림
울림으로
파고든다

알 수 없는 힘

－ 뭉크, 〈절규〉

누구나 한웅큼씩
품다가 터뜨리는
태고 적 오두막집 전설처럼 내려오는
저 밑에 거부할 수 없는 어둠 속의 그림자

흑장미를 아시는가
숨 가쁜 검은 향기
검푸른 해안선 덮쳐오는 붉은 하늘
끝없이, 찢어가도록 따라붙는 단말마

길게 뻗친 회오리는
빛으로 파고들고
긴 선을 잘라내어 안기고픈 요람으로
몸부림, 벗어나려는 이 고통을 아시는가

신명

– 김홍도, 〈무동〉

얼쑤!

향피리 모아 쥐어

시작울음 날려대면

볼록진 가락날개

바람타고 파고드네

열려진 마음 손잡고

안아주오 시름살이

3현6각 가락 속에

설운 세상 녹여지네
덜썩이는 어깨춤에
농촌시름 다 잊었네
흥겨워 한바탕놀이
나락이삭 방실이

날아보세!

나랏님 행복하오
두둥실 춤춰보오
고무신 한 끝에다
신명을 달아보오
휘날린 자락 끝마다
쿵더덕덕 쿵덕쿵

얼쑤나 가락잔치
걸판지게 놀아보세
반상신분 무엇하랴
사는 목숨 별반 달라
빈손에 세상한량이
부족한 게 있으랴

세상살이!

갓 아래 신분상승
알고 보면 허 껍데기
정승판서 줄타기가
아슬아슬 팔자운명
비뚤진 손잡이타령
벙거지신세 어이알리

저 낙관 내 것 아냐
대량생산 피할소냐
대갓집 장식소품
서민 그림 어울릴까
술 한 잔 너스레치면
춤을 추는 붓놀이

제2부

나를 비우다

남이섬

새벽 맞는
은행나무 가로수에 서 보라
천년 묵은 청량감은 마음을 걷고 걸어
남이섬, 혈액 안으로 자연되어 녹는다

뜬 눈 새운
다람쥐는 겨울맞이 분주하고
낙엽어린 큰 눈 토끼 배부른 몸 뒤척인다
달밤은 알콩거리며 부지런히 살림산다

낮에는
유원지로 변신하여 몸살 앓고
밤에는 북한강과 몸 섞여 위안 받아
오늘도 쏟아 내리는 사람들과 동거한다

두물머리

어젯밤 합궁하여 많이도 낳았소
오솔길 징검다리 빨래판 수련연꽃
돌탑도 끼워달라고 매달려서 그러랬소

새벽 맞는 오솔길은 걸음 떼기 버거운지
소나무와 안개분사 숨박꼭질 해대고
흐르는 남북한강에 침묵으로 뜨고 있소

흰구름 에워싸는 하늘도 주워 담고
노랗게 물들이는 민들레도 함께 넣어
그녀는 아끼지 않고 주고 있소 쉼터를

길 떠나는 물망초는 우체통에 서성이고
감성은 살고 살아 발길을 부여잡아
해무리 탑돌이 하듯 그림자로 길게 섰소

반려초

하루마다 손을 잡는
풀내음에 흠뻑 젖어
무릉도원 미소 가득
끌어안는 저 교태에
움싹의 보금자리에 빠져드는 늪지대

이 둥지 이 우주에
노을까지 풀어노니
귀향한 마음들은
미술관을 열어놓고
밀레의 만종 여유도 커피 잔에 녹는다

수영강 벚꽃

십 년을 기다려서 소망을 풀어노니
차가운 물결에도 기도를 모아주고
이제는
어깨동무한 한집으로 서 있네

한낮에 펼쳐졌던 물빛도 금강인데
발자국만 남긴 다음 초승달로 응집될 때
신비한
은동산으로 점을 찍는 불멸의 신

파도가 길을 찾다

오늘도 변함없이 햇살은 폭을 재고
하늘 땅 저만치서 간격으로 달려온다
평온한 바다 꽃들도 그래저래 그만치

뜻밖에 태풍으로 제자리로 맴돌더니
방파제 역습으로 밀물은 길을 잃고
그 모습 천 만 갈래로 조각조각 흩어진다

모든 게 편하다는 4차 산업 무한질주
일손은 엉거주춤 빈손으로 마주하니
해맑은 미세먼지 속에 던져지는 너와 나

까치* 야생화

작은 손 꼬물꼬물 어둠도 숨 고르고
붉은 꽃 하얀 물결 맑은 내일 끌어낸다
손잡아
더 큰 얼굴로
마주하는
너 모습

하늘과 땅 사이에 이어줄 듯 끈을 이어
바람이 소리 내어 온 들판을 흔들어도
의연히
고개를 들고
열어젖힌
한마음

*까치 : '작다'의 의미

해바라기

태양이 구수하게
알알이 익힌 웃음

바람도 슬며시
파묻혀 헤실댄다

보는 이
무속청인 양
말갛게 번지고

노오란 담장 안에
따뜻하게 몸 푼 씨앗

허허로운 미소 속에
햇빛을 안고 섰다

던질래
너의 품속에
온 몸으로 해님아

수영강 봄나들이

아침을 잘 다듬어 강 위에 올려두니
겨우내
익은 바람 물결 위에 풀어지고
흥 가득
물살 올리며
집을 짓는 수영강

어머니 손길 속에 숭어도 바다 품어
그 기운
사천까지 분홍빛 파문되니
여기가
무릉지인가
눈 맞추는 봄 벼리

수영강 1

온종일 쏟는 햇살
녹이고 또 녹이어

비릿한 물빛은
은파로 승천되어

시린 속
씻어 내리는 한 모금의 수영강

오솔길

혹시나 발길질에 풀싹은 길 터주어
논밭 집도 영글어져 울림으로 들어앉아
터 닦은
대물림으로
한길 위에
서있다

놓인 길은 여럿이랬지 똑같은 길 하나 없지
나 홀로 이다보니 옳은지 그른지도
견딘다,
내려오는 말씀에
그냥저냥
오늘도

창밖 풍경

비 맞는 수영강이
아픔을 참아낸다
요란한 마린시티
불빛도 삭아내고
온종일 묵묵부답으로 가슴 속이 뜨겁다

시가지를 흘리는
불빛도 저만치서
마스크는 버거운 숨
거리재기 거듭하고
연두살 껴입은 벚나무만 뒤꼬리로 지켜준다

쌍계사 범종

지리산
야외음악회
노을 만찬 차려놓고

흐르는
법고 노래
목어는 춤을 추고

쓰담는
천년 메아리
온 중생을
품어 안다

장산

너에게 향한 마음
손 비비며 가슴 안고

조심스레 품 속으로
들어가 응석 풀자

다리도 뻗어보랜다
우리 함께 보인다고

부르는 억새 손짓
지긋한 눈빛으로

하늘은 투명하게
마음으로 끄덕이고

솔향기 들이내쉬며
웃으란다 언제나

장안사에서

법당 앞 연못에서 그득한 해탈 미소
부처님 눈웃음이 소리없이 분주하다
하얗게 이지러지는
굴뚝연기 따라간다

오수를 즐기던 동자승 하품 너머
번져가는 해거름은 고즈넉이 저녁 짓고
어느새 하늘 끝자락
청아한 풍경소리.

정선 아리랑

말없이 길 쫓다가 아오라지 숨 고르고
나도 몰래 마음일랑 조약돌로 얹혀온다
지긋이 웃음 풀어놓는 햇살 또한 수줍다

장터를 감싸 안은 버섯과 나물 맛에
돌아가는 노랫소리 정겨움에 흠뻑 젖다
가슴을 적신 정으로 가는 길도 잊어라

두물머리 깃던 전설 지켜주는 편백나무
강물마저 머뭇거려 어쩔 줄 모르는데
몽지리*, 벗어던진다 아리랑 한 소절로

*몽지리 : 모조리(정선 방언)

코스모스

흔들리자 세운들 바람이 멈춰 설까
달린들 태풍마저 기다려 막아줄까
태생이
나약하거늘
누구를 탓하랴

가늘게 뻗어서나 잘려지지 아니하고
얇다란 꽃잎이나 계절을 끌고간다
우주 빛
한 몸에 받아
중심으로 솟는다

꿈꾸는 나무

수영강 가로질러 살며시 떠오른 달
고단한 한숨 물결 잔잔히 내려보자,
가로등 눈시울 감추려 은빛으로 달린다

너나 얼굴 울타리 속 힘겨운 삶 안고서
어스름 속 뻗쳐오는 그림자 잠재우며
오늘도 꿈꾸는 나무 숲이 되어 앉는다

익숙해져 가는 가을은 오는가

여름 내내 햇빛 쪼인
인화지가 바랠 무렵
낙엽 따라 흩날리는 방황하는 눈흘림은
세월을
재는 해거름
눈 밑 그림 하얘진다.

새소리, 구름소리
수채화로 파묻히고
가슴 떠는 불혹에도 어깃장 넘기듯이
언젠가
덤덤히 받아들일
가을을 기다린다.

영구산 운주사

햇살 끼고 지긋하게
산책하는 천불천탑
동그라미 승천으로
인도되는 무아 열반

구름이
자고 뒹구는
와불 해원
안식처

가을

어느새 찬바람이 살며시 들어앉아
더위를 다독이며 마음을 녹여내니
너와 나, 들여보게 하는 선을 넘는 복덩이

한 올 한 올 다듬어서 저녁놀 피워내고
지난 일 돌아보며 사색 거울 깊어드니
비로소, 묵직함으로 안아주는 아버지

갓바위 동자승

눈밭이 평화를 손질하며 기다린다
허위적 오르다가 맞닥뜨린 동자승
부처로
환생 중인 듯
마음 끓인 애달픔

소원은 가슴 가득 숨차게 헐떡이고
손 모아 비는 마음 불경 속에 묻힌다
언제쯤
벗어나려나
번잡스런 이 마음

섬진강 3월

재잘재잘 재첩에 걸음 늦춘 섬진강
쓰다듬는 물길에 부지런히 알을 낳고
벚꽃도
지각할까봐 서두르는 꽃망울

강물이 햇살 품자, 은어도 살 오르고
범종소린 섬진강 허벅지에 스며든다
마을은
봄바람 투정에 엮어지는 짙은 정

은빛 날개 강 물결은 고깃배를 안아주고
흩뿌리는 달빛은 설레는 맘 부추긴다
오늘도
섬진강 전설 스며드는 달콤함

아까시*

비껴가는 적막한 빛 울림도 그저 받아
몽실한 하얀 망울 설렘으로 둘러싸여
골짜기 벗어나는 향기는 고운 하늘 잡아요

타고난 질긴 뿌리 이웃에 민폐라고
바람조차 세차게 때리는 이 서러움
운명에 견디라는데 우리 잘못 인가요

변두리 꺾어진 곳 뒤틀리는 고통에도
찬바람 데워내랴 달작거림 만드내랴
허리가 꺾어질 지경인데 제 이름은 찾나요

*아카시아의 원래 이름은 아까시임.

파도가 길을 찾다

우지아 · 시조집

제3부

모두 안녕하십니까

어머니 1

새싹이 아옹이며 햇빛을 쫓을 때
바람은 어루만져 햇살로 고루 준다
아가야, 넓고 깊은 세상 흠씬 한번 느끼련

하늘 끝 꿈을 꽂아 우러르며 쳐다볼 때
바람은 힘 기울여 햇살로 모아준다
아가야, 하고 싶은 일 실컷 한번 해보련

익어가는 열매가 함박꽃 터트릴 때
바람은 숨을 죽여 햇살로 정점된다
아가야, 가쁜 숨 몰아 소리 한번 질러보련

들판은 달려달려 또 다른 꿈 모으고
바람은 얼지 않아 사랑을 키워야해
아가야, 따뜻한 세상 마음 펼쳐 안아보련

아버지는 오늘도 엄마 찾아 나선다

봉안 앞에 파르르 떨려오는 소맷자락
꺼내든 손수건에 흠뻑 젖는 눈물 있어
홀로 선 망망대해가
끝없이 다가온다

못다 한 말 한마디 손잡아 주고픈데
막힌 벽이 남기어 준 끝없는 외로움이
가녀린 등허리 위에
소복소복 쌓인다

투박한 말투덩이 눌러붙은 습관 되어
안장된 당신의 삶 어떻게 꺼내 보리
이 숙적 까무러치는
미안하다 미안해

아버지의 짝사랑

가장 숲에 가린 마음 단단히 굳어지고
보고 지고 보고 지고 견우직녀 울러대도
갇혀진 네 노래 속에 몸부림쳐 솟는다

쑥대머리 한 소절로 접어둔 맘 살아나고
광한루 물빛 꽃이 그리움에 젖어든다
정갈한 너의 뜻으로 이만큼 견디나니

숙명은 바다하늘 돌고 돌아 맺어져도
한순간 매듭짓고 하늘바다 돌고 돈다
여보소, 사는 의미가 당신에게 있었소

어머니 마음

부드러운 꽃잎으로 채워가는 목련처럼
해맑은 눈빛으로 세상을 품어내고
욕본다 토닥이는 손길에 빠져드는 평온함

구부러진 허리 위에 나물반찬 줄을 서고
헛배 부른 종잇장 해 어둠을 몰고온다
오늘도 그냥 가려나 식어가는 시래국

한 줄로 그려지나 켜켜이 묵은 시간
주린 배 움켜쥐고 새끼 입에 넣어주듯
한 세월 한 마음으로 너가 먼저 생각나

멋들어진 신세계
 ‒ '유발 하라리'의 〈사피엔스〉를 읽고

수렵채취 끝났다고 농무제 올렸더냐
밀 보리에 길들어져 하루종일 호미질에
하늘도 웃어 보이더냐
내일은 논물대기

앞 다투어 자본시장 반복되는 기계작업
너도나도 대중화에 원하는 것 갖게 되네
신천지 펼쳐지구나
모든 것은 휴대폰에

가질 것 늘려있고 놀거리도 여기저기
멋들어진 신세계는 번식도 잘 하는구랴
좁혀진 아르바이트 천국
백 년 인생 무겁구나

쌍계사 오케스트라

수줍음 노을타고 울려지는 야외음악회
대웅전 부처님도 오늘을 거두려자
이 밤도 미안한 듯이 가만가만 몸 가린다

흐르는 법고 노래 춤을 추는 갈대 풀잎
이 땅에 중생들도 소원 탑은 또 쌓이고
힘 받아 울려지는 탑 고개 숙인 지리산

못다 푼 쌓인 설움 몸 춤으로 웃는 범종
천상 지옥 중생들도 쓰린 마음 풀어놓고
이 밤도 하늘과 동침하려 몸을 푼다 화계장터

숨은 듯 울려지는 목어 춤 메아리는
시퍼런 물비늘로 어귀에 다다르자
숨 돌린, 구름 쫓아가는 아아리랑 섬진강

나(飛)는 운판 쫓고 싶어 수직으로 따라가니
갈 곳 잃은 철새들도 흐느끼는 저 외침에
부서진 삶 끌어안고 숨어버린 하늘 낮

지리산 결결마다 쓰담는 엄한 울림
논두렁 누운 물결 합장하는 남도 마을
벚꽃잎, 하늘이 시려 바람에게 공양한다

12월

늙그막에 너를 본다 파묻힌 흰머리 속
켜켜이 묵힌 한을 한 뼘 한 뼘 덮고 덮어
이제는
바꾸어질려나 가슴 열고 3월을

누군가 말했었지 모든 일은 순환이라
언젠가 그 날인가 막바지까지 기다렸건만
오더라
망부석보다 잊어버림 진실이야

운명

무엇하나 마음대로
되던 것이 있던가요
준비하면 틀어지고
손 놓으면 된통 맞고
막은들 거센 바람이 사정없이 후려치죠

오늘 속에 나를 놓고
해가 지든 달이 지든
손처럼 바라보죠
허허로운 마음이야
우리의 고귀한 선물이죠 무엇이든 채우는

농수산물

게으름 타박할까 쫓아오는 햇살 앞서
장판 펼쳐 주인 찾길 한 마음 기도하고
너와나, 손닿는 인연 불러보는 에로스

고향 떠난 채소군집 시들시들 저항하고
이왕지사 고운 자태 유혹하는 과일까지
한바탕, 왁작거림에 손짓하는 어물전

수영강 멈칫 서서 이 흥겨움 놓칠세라
한 보따리 싸서 가다 왜가리 구혼 눈짓
툭 쏟는, 날아가는 아우성 껌벅껌벅 바다로

갓바위

흐르는 연등 길 걸음걸음 각 세울 때
연두빛 속살나무 애처로운 눈짓 따라
머릿속 허허로움으로 맑아지는 손바닥

묵묵히 끄덕이며 높직이 걸터앉아
지긋한 회색눈빛 축여드는 온화한 숲
고요히 독경소리가 어둔 마음 걷어간다

고달픔 이리저리 무거워진 삶 자락을
어쩌지 못하고 한 아름 지고 갔다
살며시 마음만 던져두고 조곤조곤 내려온다

겨울 스케치

커피 향기 조근조근 잿빛 구름 갈아타고
수줍은 나목 아래 몇몇 풀잎 흔들리고
침묵한 도로 끝에는 노을빛이 사라진다

지난 여름 웃음들은 여린 햇살 승화되고
거친 숨 시린 바람 나목을 만나자
푸르른 그리움으로 내년 꽃을 예약한다

그대 이름은 바람

오늘도 여기저기 떠도는 나그네 품
끝자락 묻힌 꿈은 여전히 푸르르고
답답한 가슴 씻겨주는 너는 바로 청량제

귀 열고 흩어 사는 이산가족 대문마다
들꽃 향 따라다닌 기쁜 소식 가벼워져
우체통 실어 나르는 빨간 너는 배달부

어우러진 마음들이 헤쳐모여 지내지만
한시름 망각한 채 판도라를 못 잊는 건
내일을 이끌어가는 하얀 몰이 넌 희망

모르면 알지 못해 늘 옆에 존재하지
삼라만상 품어내는 네 숨소리 가슴 뛰어
기쁜 삶 속살거리는 너의 실첸 신비여신

그리움

- 몽골 전통 음악회에서

바람도 외로운지 풀잎 끝에 매달린다
달리는 말발굽도 사랑 찾아 떠돌아도
애잔한
마두금*에 실린 메아리
후벼 파는
가슴 속

드넓은 초원 따라 이리저리 게르*생활
까칠하게 패인 주름 묻어있는 사막모래
목구멍
깊은 구미*소리
끝없는 초원
달린다

---

* 마두금 : 몽고(蒙古)의 민속악기의 하나. 몸통 위쪽 끝에 말대가리 장식이 있는 두 줄의 현악기
* 게르 : 몽골의 천막 주거
* 구미 : 몽골 구미(Khoomi)노래는 매우 정성들여 연습한 남성들이 목구멍 깊은 곳으로부터 나오는 고음 목소리로 아름다운 조화를 만들어내고 한 번에 여러 개의 음이 발성되기도 한다.

할미꽃

정수리엔 흰색 군웅 날마다 집을 짓고
어찌하면 숨겨볼까 눈길을 쓸어 담네
헛발이 시선 잡을까 움츠리는 입과 손

동정하듯 창가에는 햇살이 택배 오고
세월만큼 걸음마다 무거운 추 따라 붙네
휘모는 시간 안으로 비켜서는 발걸음

맑은 해는 한없이 투명하게 비추는데
맞잡고 서 있다가 그림자로 숨어든다
땀으로 감출 수 없어 고개 숙인 할미꽃

백일장

원고지밖엔
잡힐 듯이
가물가물 피는 세계

원고지 안엔
졸고 있는
글자와 씨름한다

한낮에 말 그네 타네
넓어지는
백지 세상

운동장

지긋한 표정 업고 살금살금 내려앉아
허허로운 둥글둥글 보름달 가득 채워
그늘진 하얀 그림자 포옹하는 지난 날

세상 밖 거친 소리 가만가만 잠재우고
행여나 복스런 꿈 어지러이 사라질까
이 순간 가슴 쓸어안고 우러른다 하늘을

눈부심 손바닥 안 하늘 가린 지붕아래
어린 시절 재잘거림 무채색 옅어지고
끝없는 허공 놀이마당 무엇으로 채울까

봄의 꽃

요염한 자태 흘러 분홍빛 손짓눈짓
기슭에 숨어있던 살랑바람 은근 슬쩍
복사꽃 앙탈부림에 미소 짓는 저녁놀

옆 동네 자두나무 눈길 끄는 하얀 자태
여기저기 구혼 받아 방명록은 가득차고
봄바람 휘바람 불며 기다린다 열매를

부석사에서

가슴은 앙상해진 현실에 지쳐갈 때
만삭의 사과나무 독경하는 당우들
다소곳
무량수 정원
태어나는
연봉들

올라갈까 내려갈까 기울기의 비탈길에
석양 안은 흰 구름은 어쩔 줄 몰라 하네
댕댕댕
부처님 앞마당
탑을 쌓는
범종소리

부처님 오신 날

쌓여진 간절함이 정점으로 풀어질까
줄지어진 연등에도 아우성은 몸서리쳐
부처님 손바닥 안에 숨어드는 소원들

연등 안에 갇힌 소원 범종 따라 달려가니
바람도 밀어주고 햇살도 끌어주고
아뿔싸, 혼잡한 기도 줄 세우랴 밤 새네

비누

정성껏 비벼본다
얼굴이 비치도록

큰 거품 작은 거품
허우적 걸어오고

아닌가,
사라지는 예술
살아가는 실체가

비움

없는 듯 있는 듯이 언제나 안에 있는
작거나 크게 되나 움켜진 힘 부여잡고
가지에 걸리지 않는 바람처럼 떠돈다

하고픈 일 내려놓고 보이는 것 믿으리라
어떤 일도 집중 않고 흐느적 걸으리라
흙탕물 물들지 않는 꽃잎처럼 지내리

젓가락

두 발 모아 합장하여
숨죽여 0이 될 때

비로소 해탈되어 펼쳐지는 무아독경

다잡아 다시 무장하니
굵어지는 눈망울

어제의 오늘

억지로 마감한 일
어제의 끝자락을

자판을 펼치듯이
오늘을 줄세운다

저만치
가있는 햇살
꺼내 들고 달린다

해운대

은하수 후려집어 한 움큼 벌려놓아
아웅다웅 별빛들이 분주히 사랑할 때
행여나 해풍에 할퀼까 숨 고르는 해운대

세월의 축대 위에 올라선 빌딩 숲에
옛날은 저녁놀 뒤 늘어지게 자고 있고
신세계 오만한 모습 가슴을 억누른다

살 빠진 파도 위에 비대해진 도로 함성
돌이켜 갈 수 없는 해안선 그 너머로
흐려진 수묵화 거느리고 산책 나간 모래알

해운대의 가을

색색이 뜨거운 웃음 파도가 쓸어가고
햇살은 장난기를 거두고 그윽할 때
모래는 허허로운 살림 마저채워 떠 있다

이제는 모래 핥던 물결 호흡 길어지고
합장하던 수평선도 지긋이 눈 감는다
어쩌나 가로지르는 이 쓸쓸한 중력을

여는 하루

알림소리 들려오자
부산한 움직임들

어제의 찌꺼기가
커피 속에 녹아 있다.

오늘은
열린 마음으로
후르르륵
또 한 잔

흐르는 시간

수줍은 앳된 햇살 조근조근 속삭일 때
여린 새싹 속살 피다 움찔거려 인사한다
커진 눈
어쩔 줄 몰라 숨죽인다 바람도

은근하게 뽐을 내는 붉은 햇살 양껏 받아
도톰한 잎사귀들 알콩달콩 차린 살림
멈춰라
햇살 흐름아 함께 살자 이 청춘

두터운 정 쏟아 부어 빛깔 고운 잎사귀들
홀리는 바람 따라 바깥 얘기 귀 기울인다
부풀은
시간 시간들 소식 택배 아우성

기운 빠진 햇살 받아 여위어간 손아귀로
하늘도 마른 땅도 품고 싶고 안고 싶다
정제된
시간 흐름을 그냥 보련 저 구름

주말은 휴업 중

창문을 육중하게 떠받치고 있는 햇살
움직임 볼 수 없는 모든 걸 막아버려
갈 길도 오라는 이도 없는
모두모두 제자리

생각은 부지런히 쾌속선에 얹혔으나
수만 개 세포들은 바깥공기 못 느끼고
늘어진 고무풍선에
가두어진 일기첩

강물은 바람까지 쉼터에 쌓여가고
흙 속에 묻힌 씨앗 웃돋아 솟아나도
즐기는 낮잠 속으로
빠져드는 나그네

一 파도가 길을 찾다

우지아 · 시조집

一

시적 형상화形象化를 위한
영감靈感의 발견과 소통의 미학
– 우지아 시조집 『파도가 길을 찾다』

이성호
(시인)

시적 형상화形象化를 위한
영감靈感의 발견과 소통의 미학

이성호 (시인)

프랑스의 문학비평가인 가스통 바슐라르Gaston Bachelard가 '창조적 상상력' 그 자체라고까지 한, 영감靈感은 흔히 시 작품의 창작에 있어 가장 중요한 바탕이 된다. 이 말은 쓰는 사람에 따라 시혼詩魂, 뮤즈, 무의식, 다이몬, 피닉스 등으로 달리 부르기도 하나, 시의 배태를 위한 계기가 되는 1차적인 여건을 조성하는 시의 씨앗이 된다.

때문에, 시인들은 이 영감의 순간을 붙잡기 위해 많은 공을 들이는데, 쓰는 사람에 따라 지난날의 절실했던 경험을 떠올리거나 남의 작품이나 다른 예술 작품을 접하고, 그 느낌이나 떠오르는 생각들을 메모하기도 한다.

영감靈感으로 시작된 시의 배태에 살을 붙이고 옷을 입힘으로써 마침내 한 편의 시작품이 탄생하는 것이다. 영감靈感은 착상의 바탕이 되기에, 평소 사물을 대하거나 사소한 일에까지 남다른 관심과 주의를 기울이게 되고, 때에 따라서는 독서나 여행과 같은 간접경험으로 시적 체험의 폭을 넓히게 된다.

우지아 시집에는 역사상 유명한 화가들의 작품이 나오고, 작품에서 받은 감상이나 느낌을 영감으로 받아 창조적 상상력이 발휘된 시작품이 처음부터 많이 등장한다. 그 가운데 우선 눈에 퍼뜩 띄는 작품이 빈센트 반 고흐의 「별이 빛나는 밤에」이다.

무엇을 왜를 향한
끝없는 질문 위에
앙버티는 외줄타기 연보라로 저항하고
한세상
카오스 화살
빛을 여는 반 고흐

불꽃같은 그의 삶에
고개 숙인 인류는
흰 별의 자태 앞에 마음은 꿇어지고
모호한
동그라미 속
빠져드는 진실은

발밑에 번잡한 일
층층이 쌓여있고
절규하듯 하늘 끝을 불러보나, 몸부림은
저 멀리
벗어날 수 없는
산다는 것 무얼까

− 「진리 −고흐, 별이 빛나는 밤에」 전문

「별이 빛나는 밤에」에 얽힌 이야기는 필자에게도 잊을 수 없는 경험이 있다. 수년 전 무슨 전시회인가 초대되어 간 일이 있는데, 마침 전시장 입구의 안내판에 그 작품의 모습을 따와, 같은 색채로 재배열하여 동영상을 만들어 보이고 있었는데, 순간 그때 받은 감동이 너무 커서 본래의 목적을 깜빡하고 그 장면만 여러 차례 보다가 되돌아 온 일이 있다.

생전에 말 못할 정도로 불우한 생을 보낸 고흐는 그가 남긴 작품으로 하여 현대인으로부터 가장 존경받는 거장의 위치에 놓여 있다.

일찍이 네덜란드의 비평가 요세프 야코드 이삭손은 고흐의 작품을 두고 "이 역동적인 장엄한 에너지를 어느 누가 있어 이런 형태와 색채로 전달할 수 있겠는가? 나는 알고 있다. 어두운 밤 깊은 곳에서 홀로 투쟁하는 고독한 선구자를, 이 영웅적인 사람에 대한 이야기가 뒷날 여러 사람들의 입을 통하여 오래오래 전해질 것이다."고 했다.

그렇다. 그가 남긴 871점의 방대한 도판, 그 가운데 이 그림은 인류가 낳은 수많은 예술품 가운데 최고의 가치로 호가되는 사실을 어떻게 설명해야 할까?

자신만의 창을 통하여 표현한 끊임없이 분출하는 색채의 흐름과 넘치는 생명력은 단순한 별자리나 소용돌이치는 나선의 성운, 죽음을 앞둔 예수의 고통과도 비견될 수 없는 하나의 우주적 상징의 자극제가 되어 수많은 사람들의 심금을 울려주고 있으며, 많은 예술인들의 영감을 자아내는 모티브가 되고 있다.

시조 「진리 – 고흐, 별이 빛나는 밤에」는 빛을 여는 카오스 chaos의 화살에서 온 인류를 압도하는 묘한 마력, 삶의 진리를 찾고자 끝없는 몸부림으로 표현하여 그림이 갖고 있는 충격과 진실, 열정과 절규를 시조로 재창조, 시인의 서정성이 화가의 감수성에 닿아 있다. 영원한 예술을 창조하는 선구자의 모습에서 찾아낸, 매사에 모든 걸 쏟아 부어 최선을 다해야 한다는 불같은 마음가짐을 우리에게 일깨워 주고 있다.

　　말없이 길 쫓다가 아오라지 숨 고르고
　　나도 몰래 마음일랑 조약돌로 얹혀온다
　　지긋이 웃음 풀어 놓는 햇살 또한 수줍다

　　장터를 감싸 안은 버섯과 나물 맛에
　　돌아가는 노랫소리 정겨움에 흠뻑 젖다
　　가슴을 적신 정으로 가는 길도 잊어라

　　두물머리 깃던 전설 지켜 주는 편백나무
　　강물마저 머뭇거려 어쩔 줄 모르는데
　　몽지리* 벗어 던진다 아리랑 한 소절로

　　* 몽지리 : 모조리(정선 방언)

－「정선 아리랑」 전문

　남한강 상류의 아름다운 두물머리, 빼어난 정경과 아오라지가 품고 있는 눈물겨운 전설이 낳은 '정선 아리랑'의 고장을 돌아보고 쓴 기행시다.

　시의 가장 손쉬운 제재가 되는 여행은 가슴 지피는 남다른 지적 경험의 재산이자, 살아가는 기쁨과 행복을 가져다주는 바탕이 되는 삶의 동력이다.

숨 고르는 아오라지를 바라다보면 어느새 번잡한 마음은 사라지고, 둥근 조약돌과 같은 여유 있는 마음이 되어 햇살마저 웃음을 풀어주는 매개물이 된다. 여행의 즐거움이 손에 잡힐 듯하다. 버섯이나 곤드레나물이 가져다주는 또 하나의 이 고장 특산물이 주는 일미는 잊을 수 없는 추억이 되거니와, 미각 시각 청각 등을 고르게 자극하여 살아 있는 기쁨에 젖게 한다. 마지막 한 소절 정선 아리랑을 꺼내들면, 강물도 멈춰선 듯 옷자락을 적시는 여운에 깊이 빠져들게 한다.

작은 손 꼬물꼬물 어둠도 숨 고르고
붉은 꽃 하얀 물결 밝은 내일 끌어낸다
손잡아
더 큰 얼굴로
마주하는
너 모습

하늘과 땅 사이에 이어줄 듯 끈을 이어
바람이 소리 내어 온 들판을 흔들어도
의연히
고개를 들고
열어젖힌
한마음

— 「까치 야생화」 전문

까치 야생화는 평소 잘 눈에 띄지 않는 작은 들꽃이다. 작아도 보는 이에 따라 더 크게 보이고, 작을수록 보면 볼수록 더 예뻐진다고 한다. 우리나라는 사계절이 분명하여 봄부터 늦은 가을까지 어디서나 쉽게 들꽃을 대할 수 있다. 두째 수의 초장의 비유는 까치 야생화의 깜직한 모습을 잘 잡아 기발하게 표현한 가귀며, 설사 보잘 것 없는 작은 풀꽃이라도 큰 얼굴로 볼 수 있는 마음, 들꽃은 어느 순간 변함없이 밝고 맑은 마음을 가져다주는 매개물이 된다. 작은 들꽃을 통하여 평소 그리워하는 보고 싶은 사람이나 아름다운 추억을 떠올리는 것은 참으로 행복한 일이다. 작은 들꽃에서 느끼는 마음과 같이 행복도 일상에서 시작되는 법이다. 사나운 바람이 불어와도 의연히 고개를 들고 피어나는 들꽃의 생리를 통하여 아름다운 시인의 마음을 느낄 수 있다. 이러한 모습은 「해바라기」의 '익힌 웃음'이나 「섬진강 3월」에서의 '은어도 살 오르고' 하는 모습에서도 같이 느껴진다.

지리산
야외음악회
노을 만찬 차려놓고

흐르는
법고 노래
목어는 춤을 추고

쓰담는
천년 메아리
온 중생을
품어 안다

– 「쌍계사 범종」 전문

분위기로 보나, 담고 있는 내용으로 보나 앞서 말한 「까치 야생화」와 비슷하다. 노을 만찬, 춤추는 목어, 쓰담는 천년 메아리 등은 객관적 상관물로서 저녁 한 때 산사의 고요하고 정결한 분위기를 단적으로 들어내어 깔끔하게 구김살 없이 잘 표현하고 있다. 비유가 신선하고 생동적이라 시가 주는 여운을 오래도록 느끼게 하는 수작이다.

오늘도 변함없이 햇살은 폭을 재고
하늘 땅 저만치서 간격으로 달려온다
평온한 바다 꽃들도 그래저래 그만치

뜻밖의 태풍으로 제자리로 맴돌더니
방파제 역습으로 밀물은 길을 잃고
그 모습 천 만 갈래로 조각조각 흩어진다

모든 게 편하다는 4차 산업 무한질주
일손은 엉거주춤 빈손으로 마주하니
해맑은 미세먼지 속에 던져지는 너와 나

– 「파도가 길을 찾다」 전문

「파도가 길을 찾다」는 이 시집의 제목이 된 시다. 반어법反語法으로, '길을 잃은 파도'를 '길을 찾는 파도'로 둔갑하여 독자를 자극하고 있다. 시인의 문명비판적인 태도와 가치관이 보다 구체적으로 잘 드러난 작품이다. 제목부터 아이러니컬하게 상징적이고 저돌적이다. 평화로운 바다의 꽃인 잔잔한 파도는 순간 태풍으로 갈 길을 잃고 천 만 갈래로 흩어진다. 무한질주의 4차 산업으로 발돋움한 인류의 발달된 과학기술은 이제 인간마

저 기계의 부속품으로 전락하여 모든 게 자동화 되어 사람들은 직장을 잃고 엉거주춤, 남겨진 외톨이가 되어 방황하는 신세로 떨어지게 되었다.

시인의 작품에 나오는 '꽃'이나 '빈손', '미세먼지' 등은 전체적인 분위기와 함께 매우 다의적인 의미로 다가온다.

바다의 평화로운 모습이 순간 태풍의 역습으로 조각조각 흩어져 길을 잃은 현대인의 모습, 빈손이 된 아픔이나 미세먼지 속에 던져진 존재로 인류가 직면한 많은 재앙 앞에 답을 찾지 못하는 처지를 효과적으로 대변한 말이다.

> 창문을 육중하게 떠받치고 있는 햇살
> 움직임 볼 수 없는 모든 걸 막아버려
> 갈 길도 오라는 이도 없는
> 모두모두 제자리
>
> 생각은 부지런히 쾌속선에 얹혔으나
> 수만 개의 세포들은 바깥공기 못 느끼고
> 늘어진 고무풍선에
> 가두어진 일기첩
>
> 강물은 바람까지 쉼터에 쌓여가고
> 흙 속에 묻힌 씨앗 웃돋아 솟아나도
> 즐기는 낮잠 속으로
> 빠져드는 나그네
>
> ― 「주말은 휴업중」 전문

코로나19로 인하여 온 세상이 감옥 같다. 비대면의 어쩔 수 없는 현실 앞에 사람들은 속수무책, 가까운 이에게도 사회적 거리로 저마다 갇힌 틀 안에서 참고 견디는 형벌을 치르면서 고뇌하고 사색해야 하는 존재가 된 지 어제 오늘이 아니다. 이러한 현실을 담담하게 찾아내어 '주말은 휴업중'이라고 미화하여 풀어내고 있다. 첫째 수의 '제자리'나 둘째 수의 '가두어진 일기첩' 셋째 수의 '빠져드는 나그네' 등의 표현은 현실의 이러한 모습을 여과 없이 드러낸 것으로 어쩔 수 없이 아웃사이더로 전락한 참담한 현실을 있는 그대로 잘 표현한 것이다.

봉안 앞에 파르르 떨려오는 소맷자락
꺼내든 손수건에 흠뻑 젖는 눈물 있어
홀로 선 망망대해가
끝없이 다가온다

못다 한 말 한 마디 손잡아 주고픈데
막힌 벽이 남기어 준 끝없는 외로움이
가녀린 등허리 위로
소복소복 쌓인다

투박한 말투덩이 눌러붙은 습관 되어
안장된 당신의 삶 어떻게 꺼내보리
이 숙적 까무러치는
미안하다 미안해

– 「아버지는 오늘도 엄마 찾아 나선다」 전문

세상에 생과 사로 나눠지는 이별만큼 아픈 게 또 있을까. 생전에 아버지가 어머니에게 못다 베푼 사랑에 대한 안타까움을

애절하게 표현했다. 남겨진 외로움과 지난 세월에 대한 후회가 절절히 느껴지는 망부가望婦歌 모습이 잘 드러난다.

> 오늘도 변함없이 아침 해는 일어났소
>
> 마주하는 일상 일이 큰 벽에 부딪쳤소 / 어느 날 불청객이 입을 묶어 버렸소 / 웃을 수도 말할 수도 없게 되었소 / 하늘은 행복한지 그지없이 맑아졌소 / 어찌해야 카오스를 벗어날 수 있는지 알 길이 없소 / 빌어 본다면 자중한다면 돌아갈 수 있겠소 / 지구 민초는 그저 아웅거리고 있을 뿐이요 / 불청객 그대여 어찌하면 좋겠소
>
> 내일도 안녕하세요 쿠르베씨 빨리옵쇼
>
> – 「행복 1 – 귀스타브 쿠르베, 〈안녕하세요, 쿠르베씨〉」 전문
>
> * (본문의 /표시는 필자가 넣었음)

초장, 중장은 시조의 정격을 그대로 지켰지만, 중장은 8개의 마디로 나눌 수 있는 형태로 구성되어 있는 사설시조다.

프랑스의 사실주의 계열의 화가 쿠르베의 작품을 보고 지금 지구촌의 민초가 공통적으로 겪고 있는 '코로나19'로 인한 참담한 현실을 떠올리며, 함께 물음에 대한 답을 찾고자 애태우고 있는 시인의 고뇌가 익살스럽게 잘 드러나 있다.

도입 부분인 초장은 겉으로는 평온한 듯이 새로 맞는 하루, 중장은 8개의 마디로, 웃을 수도 말할 수도 없는 큰 벽에 갇힌 일상, 카오스를 벗어날 수 없는 고통, 빌고 자중하려는 마음 가짐, 그저 손 놓고, 묻고 있는 지구 민초들

종장은 결말 부분으로 빨리 평온한 날이 돌아오기를 기원하는 마음을 담았다.

사설시조로서의 조건과 격식, 그 내용에 있어서도 인류가 당면한 처참한 현실에 대한 각성과 기대가 잘 드러나 있는 수작이다.

독자와 함께 고민하고 소통하여, 그 물음에 대한 숙고로 현실을 정리하여 나름대로 대처하려는 태도가 엿보여 사설시조 본래의 기능을 십분 발휘하고 있으며, 시조의 내용상으로도 단계별로 문제를 제시하고 접근하는 방법이 효과적이다. 앞으로 좋은 사설시조를 쓸 수 있는 역량을 갖추었다 할 것이다.

얼쑤!

향피리 모아 쥐어
시작 울음 날려대면
볼록진 가락 날개
바람 타고 타고 도네
열려진 마음 손잡고
안아주오 시름살이

3현 6각 가락 속에
설운 세상 녹여지네
들썩이는 어깨춤에
농촌 시름 다 잊었네
흥겨운 한바탕놀이
나락이삭 방실이

날아보세!

나랏님 행복하오
두둥실 춤춰 보오
고무신 한 끝에다
신명을 달아보오
휘날린 자락 끝마다
쿵더덕덕 쿵덕쿵

얼쑤나 가락잔치
걸판지게 놀아보세
반상신분 무엇하랴
사는 목숨 별반 달라
빈손에 세상한량이
부족한 게 뭐 있으랴

세상살이!

갓 아래 신분상승
알고 보니 허 껍데기
정승 판서 줄타기가
아슬아슬 팔자 운명
비뚤진 손잡이타령
벙거지 신세 어이하리

저 낙관 내 것 아냐
대량생산 피할소냐
대갓집 장식소품
서민 그림 어울릴까
술 한 잔 너스레치면

춤을 추는 붓놀이

떠돌이 무동舞童을 보고 그렸다고 하는 이 그림은 조선조 최고의 화가 김홍도의 대표적인 풍속화로 반상의 신분 차이가 없는 세상을 바라다보며, 삶의 애환을 진솔하게 담은 작품이다. 이 무동은 앞에 언급한 귀스타브 쿠르베 '안녕하세요 쿠르베씨'의 작품과 여러 가지 면에서 비교가 된다. 쿠르베의 작품은 사설시조로 깔끔한 내용으로 된 단수인데 반하여, 김홍도의 무동舞童은 3수로 된 긴 형태의 연시조다. 앞의 작품은 일상의 모습을 사실적으로 돋보이게 했다면, 뒤의 무동은 반상의 신분 차이를 초월하여 함께 어울려 즐기는 축제로서의 신명을 풀어 놓았다.

〈얼쑤!〉는 세상살이의 근심 걱정을 녹여내는 풍악 속의 한마당이 지닌 기쁨을, 〈세상살이!〉는 신분상승의 제도적 모순에서 차별받는 서민의 삶과 예술 작품을 남발하는 사회적 모습을 풍자로, 〈날아보세!〉는 신분제도가 엄격한 사회 속에서 서민들의 탈속한 모습을 담아 삶 자체의 자유로움을 부르짖는 반어적 표현으로 노래했다.

이 작품은 수삼 년 전 부산의 문인협회 기관지인 《문학도시》에 신인상을 받은 작품으로, 그 때 참여한 선자選者의 한 사람으로서, 다소 이미지가 중첩되어 산만한 느낌을 주는 면도 있지만, 신인으로서의 패기가 엿보이고 내용이 활달하여 큰 작품을 쓸 소지가 보였다.

수렵채취 끝났다고 농무제 올렸더냐
밀 보리에 길들어져 하루 종일 호미질에
하늘도 웃어 보이더냐
내일은 논물대기

앞 다투어 자본시장 반복되는 기계작업
너도나도 대중화에 원하는 것 갖게 되네
신천지 펼쳐지구나
모든 것은 휴대폰에

가질 것 늘려 있고 놀거리도 여기저기
멋들어진 신세계는 번식도 잘 하구랴
좁혀진 아르바이트 천국
백 년 인생 무겁구나

— 「멋들어진 신세계」 전문

'유발 하라리의 사피엔스를 읽고'라는 부제가 붙은 「멋들어진 신세계」는 독후 감상의 작품이다. 제목부터 올더스 헉슬리의 반유토피아적인 소설 '멋진 신세계'가 떠올라서, 아마 매우 풍자적이며 냉소적인 작품이 아닐까 했다.

'사피엔스'는 인류의 내일에 대한 분명한 예단을 내릴 수 없는 작가의 고민이 잘 나타나 있는, 그 의문에 대한 답을 어떻게 구해야 할까 독자에게 되묻고 있는 내용의 책이다.

'사피엔스'는 인류의 역사를 인지認知, 농업農業, 과학科學 혁명의 세 단계로 나누어 그 발전의 과정을 서술하고, 지금 우리는 어쩌면 호모 사피엔스Homo sapiens로서의 종말로 향한 무한질주로 한 치 앞을 볼 수 없게 되어, 인간의 생존을 위해서는 무엇보다 열린 마음으로 겸허하게 과학적인 답을 찾는 노력이 필요하다는 거대한 역사적인 담론을 내용으로 한 베스트셀러 작품이다.

시조의 첫째 수는 인지혁명의 시기에서 농업혁명의 시기로 넘어오는 과정을, 둘째 수는 약 오백 년 전부터 시작된 과학혁명 시대의 발달된 모습을, 셋째 수는 풍요와 자유를 구가하는 멋진 신세계는 인류에게 재앙이 될 수도 있다는 따끔한 충고를 담고 있다.

풍요와 자유를 상징하는 객관적 상관물인 휴대폰은 무소불위無所不爲의 도구가 되었지만, 결코 행복만을 가져다주는 것이 아님을 알게 되어, 지적 설계의 법칙이 지배하는 미래세계에 있어, 현명한 삶의 방법에 대해 깊은 통찰과 지혜로 이 난국을 헤쳐갈 수 있으리라는 것을 은연중에 깨닫게 하고 있다.

우지아 시인의 시조집 발문을 쓰면서 수록된 작품 68편을 두루 살펴보았다. 비록 단편적이나마 작품 감상과 이해를 위한 접근 방법으로 필자 나름대로 정리한 것을 요약하면 다음과 같다.

첫째, 수록된 작품은 대부분 평시조로 연시조가 중심이 되어 있으며 시조의 전통적인 가락을 지킨 정격시조로서 음보나 자수율이 크게 벗어난 작품이 없다는 점이다. 그리고 무엇보다 장과 구의 배열에 있어 작품의 내용에 따라 형태를 달리하면서 현대시조가 지닌 변화와 균형의 미를 십분 살리고 있다는 것이다.

둘째, 작품감상이나 독서, 여행을 통해 생활 주변의 체험을

바탕으로 영감靈感을 찾아내고 그것을 시적 형상화로 살을 붙여 시화하는데 성공한 작품이 많아, 시인의 깊이 있는 간접체험을 살펴보고 거기에 공감할 수 있는 기회를 폭넓게 가지게 되었다.

셋째, 작품의 내용이 쉽고 분명하여 주제 및 독자에게 전달하려는 메시지가 잘 나타나 있어, 시조 작품으로서의 기본적인 기능을 십분 발휘하였다.

넷째, 작품 가운데는 현재 인류가 겪고 있는 코로나19와 같은 어려운 문제에 대하여 소통의 방법으로 그 대처 방안을 모색하고, 독자에게 함께 고민해 보는 계기를 제공해 주고 있다는 점이다.

아무튼 우시인의 작품은 시조로서 기본을 두루 갖춘 성공한 작품이 많아 시조를 잘 모르는 많은 독자들이 쉽게 다가올 수 있는 바탕을 제공하고 있어 큰 위안이 된다.

첫 시조집 발간을 진심으로 축하드리며, 아울러 건승과 문운이 활짝 꽃피기를 빈다.

우지아, 「울림 − 〈고흐〉, 해바라기」

안수현
(문학평론가, 부산가톨릭대학교 인문학연구소 연구위원)

금빛을 띠어내며
춤 교태는 막 내리고
뜨거움 정열 태워
씨를 품어 마주하다
시선도 마다하지 않아 풍성한 자태에 보태다

굴곡진 뼈아픔도
황금으로 포옹하고
불안한 항아리는
메아리 풍경화로
민낯의 고흐 감성은 는개 되어 울린다

−우지아, 「울림 − 〈고흐〉, 해바라기」 전문

　해바라기와 관련하여 공자의 언설을 호출하면 "포장자의 지혜는 규葵만 못하구나. 규는 오히려 자신의 발을 지킬 줄 안다(鮑莊子之知不如葵, 葵猶能衛其足 『春秋左氏傳』 成公17年條)"와 같이 동양문학에서 차지하는 해바라기는 이른바 '위족衛足'의 상징이다. 전국시대와 같은 난세에 있어서 군자가 갖추어야 할 처세와 처신의 덕목이며 지혜로 정착되어야 한다는 것이다. 물론 공자가 말한 규는 지금의 해바라기와 동의어는 아니다. 해바라기란 향일규向日葵의 번역이며, 해를 향하는 속성에서 비롯된 오인에서 유래된 명칭이다. 서구의 경우 콜럼버스가 신대륙의 발견 후 유럽에 소개되어 '태양의 꽃' 또는 '황금꽃'이라고 명명되었다. 중국 당唐의 시인들은 규화葵花를 크게 봄 해바라기蜀葵와 가을 해바라기秋葵로 나누고 특히 황색 꽃잎의 가을 해바라기에 주목했다. 예컨대 이섭李涉은 가을바람 속에 피어난 황색 해바라기(「황규화黃葵花」), 한악韓偓은 "색은 한가운데를 견주고 있으며 그 마음은 태양을 기울인다(色配中央, 心傾太陽 「황촉규부黃蜀葵賦」)"고 했다. 가을 해바라기의 노란색은 중의적 확장되어 오행五行의 중심이자 천자의 색으로 간주되며 주군에 대한 충의 의미를 상징하는 무거운 담론인 셈이다.

시인의 '해바라기'는 창작과 광기 사이의 고흐를 호출한다. '금빛'을 띤 아를Arles의 황금빛 호밀밭은 광기의 '뜨거움'과 창작의 '정열을 태우'고 남은 죽음의 씨앗을 고흐 스스로 품은 마지막 고통의 영역이기도 하다.

창작과 광기의 상관관계는 절대미를 주장한 플라톤에 의하면 예술가를 두고 광기의 상태에서 미의 이데아를 지상에서 실현하는 자라고 했다. 그러나 이성 중심의 미의식에서는 광기는 예술의 구성과 실현 요소에서 오랫동안 제외되었다. 왜냐하면 광기는 이성과 대척점에 위치하며 이성을 무화시키는 역기능으로 인해 예술과 상반된 관계에 있는 비정상적 감정 상태에서 작동되기 때문이다. 푸코Michel Foucault는 광기를 가리켜 문화적

일탈로 해석하지만, 고흐의 광기는, '의지와 직관'을 모든 사유의 기반으로 설정한 쇼펜하우어Arthur Schopenhauer를 개입시킬 수 있다면, 예술가의 천재적 능력이자 창작을 위한 순수한 에너지라고 할 수 있다. 시인은 현실을 단념하는 곳으로부터 해바라기의 '울림'을 체험하고자 한다. 제도화된 현실의 격하와 왜곡된 현실의 거부로부터 해바라기를 수용하고자 한다. 인간이 세계와 겪는 갈등의 '교태'에 종지부를 찍기 위함이다. '굴곡진 뼈아픔' 마저 참된 허구와 환영으로의 비상이며 '황금으로 포옹' 하게 하는 거룩한 순간이다. 시인의 호밀밭은 봉쇄와 차단은 처음부터 보이지 않는다. 시인의 눈길은 언제나 태양을 향해 있기 때문이다. 단층적인 언어의 교란은 오히려 실존하는 현실 속에서 위기와 아포리아Aporia를 구제하는 좌절과 소외에 스스로 엄격하고 충직할 뿐이다.

금빛 호밀밭은 또한 소모와 환상의 영역이며, '불안한 항아리'는 안과 밖의 경계를 확장하고 있다. 보이지 않는 '메아리'의 손들은 의식의 환원을 결합하고 추적함으로써 마침내 '풍경화로 확고해 진다. 시인의 욕망은 '민낯'의 고흐를 통해 시니피앙signifiant의 도달에 성공하고 있다. 시인의 언어는 권력의 언어와 이질적인 언어의 첨병을 거부한다. '황금으로 포옹'하는 언어의 탁류에 의한 장악을 반대한다. 권력언어는 순응하는 자를 위협하는 '시선'에 있다. 시선은 인간의 조건에 대하여 반복적으로 새로운 제안을 생산한다. 시선이 가진 직선성은 항상 주어진 현실을 반영하는 것이 아니라 반영되는 태양을 조명하고 있다. 노란 해바라기를 비추는 시인의 태양은 승리자의 태양 아폴론

Apollon이 아니라 패배자로 전락한 비극적 태양 헬리오스Helios 일 것이다. 텍스트와 고흐 속에서 시인은 진화하는 '감성'의 타당성과 흔적을 찾으려 한다. 병든 진보 모델 속의 편입을 꺼려하며 결코 와해될 수 없는 시인의 근본이자 실존적 신념으로 재구성되어 간다. 파격의 시도보다 연대 할 수 있는 '감성'을 지향하고 있다. 우지아 시인의 자아는 모든 것을 갖춘 아폴론 신족의 아폴론의 태양에서 아들 파에톤을 잃은 티탄 신족의 헬리오스의 태양을 옹호하고 있으며 아들 파에톤Phaethon의 죽음은 고흐와 시인에게 운명적으로 공유된 비의 '울림'으로 다가왔다.